Illisibilité partielle

VALABLE POUR TOUT OU PARTIE
DU DOCUMENT REPRODUIT

Début d'une série de documents
en couleur

COUVERTURES SUPERIEURE ET INFERIEURE D'IMPRIMEUR

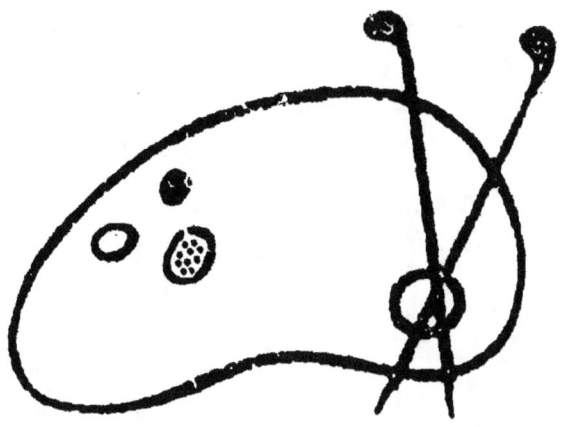

Fin d'une série de documents
en couleur

LE CONTEUR DE L'ENFANCE

7ᵉ SÉRIE IN-12.

LE CONTEUR DE L'ENFANCE.

Il s'en échappa un joli serin de Canarie.
(P. 107.)

7e in-12

LE

CONTEUR DE L'ENFANCE

TRADUIT ET IMITÉ

DU CHANOINE SCHMIDT.

LIMOGES

EUGÈNE ARDANT ET Cie, ÉDITEURS.

LE

CONTEUR DE L'ENFANCE.

LE GRAND POIRIER.

A la porte d'une jolie maison qu'habitait le vieux Robert, s'élevait un magnifique poirier. Par une belle journée d'automne, il était assis à l'ombre de cet arbre avec plusieurs de ses petits-enfants, auxquels il donnait les poires les plus mûres et les plus belles.

—Oh! le bel arbre, disait le petit Jean, et quelles bonnes poires il produit! Les autres en dirent autant.

— Puisque l'arbre et ses fruits vous plaisent tant, dit Robert, je vais vous conter comment ils se trouvent là; c'est une bonne leçon dont chacun de vous pourra faire son profit.

Il y a plus de cinquante ans j'étais un pauvre garçon et je ne possédais que ce petit coin de terrain, sur lequel j'ai depuis bâti ma maison et fait mon jardin; il n'y venait que des épines et des ronces; je n'y avais qu'une misérable cabane.

Un soir, après ma besogne faite, car je travaillais à la journée, j'étais couché devant ma porte et je causais avec mon voisin, qui était un homme fort riche; comme il n'était pas moins sage, il me demandait pourquoi je ne cultivais pas ce petit terrain.

— Je ne le puis pas, lui répondis-je; il faut que je me donne tant de mal pour gagner de quoi manger, que quand je rentre le soir j'ai les bras rompus.

— Mais ce serait le seul moyen de t'enrichir, me dit le voisin; fais comme moi, j'ai amassé en travaillant sans cesse.

— Je sais bien, repris-je, que quand
on a quelque chose cela donne du cou-
rage. Je piocherais plus fort et je me
lasserais moins si j'avais seulement une
fortune de cent écus.

— Eh bien ! me dit-il encore, tu n'as
qu'à te baisser et prendre ; là, sous la
place où tu es couché, il y a plus de cent
écus d'enfouis. C'est à toi de les faire sortir de terre.

Dès qu'il fut parti, je pris ma pioche
et je creusai pendant plus de deux heures, mais je ne trouvai pas un sou. J'al-
lai me coucher bien tard en me disant
que je m'étais laissé attraper.

Le lendemain, quand mon voisin vit
le grand trou que j'avais fait, il se mit
d'abord à rire de ma bêtise et s'écria :

— Tu es bien simple, ce n'est pas ainsi
que je l'entendais : je ne t'ai pas dit que
tu trouverais des pièces de monnaie dans
la terre ! Toutefois, ton travail ne sera
pas inutile, ton terrain me paraît excel-

lent, je vais te donner un jeune poirier que tu planteras dans ce trou ; il est convenablement disposé, et bientôt tu verras sortir de terre les écus.

Je plantai le poirier, et averti par cette expérience je consacrai au travail, au lieu de l'employer au repos, le peu de temps qui me restait après mes journées faites ; je n'en fus pas plus malade et j'eus bientôt un joli jardin dont je vendis les fruits et les légumes : ce fut le commencement de ma fortune. Quant au poirier, il a prospéré et m'a donné les meilleurs fruits ; il m'a produit depuis les cent écus que me promettait mon voisin, et quatre fois davantage.

L'IMPUDENCE PUNIE.

Un cocher de voiture publique, nommé Marc, faisait assez mal ses affaires ; ses embarras avaient pour cause sa mauvaise conduite, qu'il avait eu l'habileté de cacher aux yeux de tous, mais dont il ne pouvait pas empêcher les effets funestes. Il s'enivrait en secret, s'abandonnait souvent au jeu et au plaisir de la table, et ruinait ainsi sa bourse et sa santé.

Marc demeurait près d'un maître de poste qui, le croyant honnête homme, eut pitié de lui, et dès qu'il en trouva l'occasion, lui donna une place de postillon.

C'était un état lucratif pour Marc, aussi s'empressa-t-il d'accepter. Malheureusement il ne songea pas à se corriger de ses vices; et comme plus il avait d'argent pour les satisfaire, plus il voulait en avoir pour s'en procurer davantage, il se mit à voler son bienfaiteur : l'avoine des chevaux était à sa disposition, il en emportait de temps en temps un petit sac, et quand il en avait une certaine provision, il la vendait à vil prix à un marchand aussi voleur que lui.

Une mauvaise action qui se répète chaque jour ne peut longtemps demeurer cachée. Marc fut aperçu au moment où il emportait de l'avoine, et l'on en avertit le maître de poste. Il appela le coupable devant lui, et lui dit de quoi on l'accusait. Marc, qui avait une cachette introuvable pour y déposer ses larcins, offrit à son maître d'aller aussitôt chez lui et de laisser visiter partout. Comme on l'avait vu précisément porter le sac dans sa chambre, cette offre fut acceptée, et l'on fit les recherches les plus minutieuses dans la maison, dans les greniers, dans les caves, enfin partout où l'avoine eût pu être cachée : on ne trouva rien.

Le maître de poste dit alors à Marc qu'évidemment on lui avait fait un faux rapport et qu'il rendait pleine justice à sa probité.

— Ça ne me suffit pas, Monsieur, répondit Marc, je découvrirai quels sont les envieux et les menteurs qui ont voulu me noircir dans votre esprit, et bien sûr, ajouta-t-il en criant et donnant un grand coup de poing sur une table, je les ferai punir en justice comme des calomniateurs.

Marc avait très bien joué son rôle; mais le coup de poing sur la table lui devint funeste; car l'ébranlement qu'il causa dans la vieille chambre fit tomber à terre quelques grains d'avoine. On chercha d'où ils pouvaient provenir, et un second coup de poing donné sur la même table par le maître fit apercevoir qu'ils tombaient des solives du plafond. C'était dans un espace vide qui existait entre la chambre et le grenier que Marc avait caché son larcin. Il y avait quelques fentes, et le moindre mouvement communiqué au tas d'avoine en faisait tomber des grains dans la chambre.

Pour punir Marc de son ingratitude, le maître de poste le chassa de chez lui, et pour prix de son impudence il dénonça le vol à la justice.

LES FRAISES.

Lucie était la fille d'un vannier ; ses parents étaient des gens pieux et amis du travail, mais peu fortunés.

Un jour on leur dit qu'un des anciens habitants du village, qui avait longtemps servi comme soldat, revenait au pays malade et avec une jambe de bois.

— Que pourrons-nous faire pour ce pauvre homme ? disait le mari à la femme ; le commerce ne va pas bien, et j'ai grand'-peine à gagner ce qu'il nous faut pour vivre.

— Mon ami, répondit la femme, nous ferons de notre mieux.

Lucie entendit cette conversation ; elle vint auprès de ses parents et leur dit :

— Mes chers parents, si vous me le permettez, ce sera moi qui secourrai le pauvre invalide ; et elle expliqua ce qu'elle comptait faire.

— Ce sera bien, ma fille, reprit son

rère, et il en coûtera moins à la fierté d'un ancien soldat d'être aidé par un enfant que de l'être par tout autre.

Le lendemain, Lucie alla trouver l'invalide et le pria d'accepter une petite pièce de monnaie. Le surlendemain, elle trouva en outre le temps de mettre sa chambre en ordre. Après qu'elle fut allée le visiter ainsi pendant quinze jours, le brave soldat lui dit :

— Mon enfant, je suis bien reconnaissant de ce que vous faites pour moi, mais comment pouvez-vous me secourir? je viens d'apprendre que vos parents ne sont pas beaucoup plus riches que moi. Comment vous procurez-vous cet argent que vous me donnez? Votre bienfaisance ne vous a-t-elle pas fait commettre quelque faute? Songez que j'aimerais mieux mourir de faim que de recevoir un sou qui ne fût légitimement acquis.

— Cessez de vous inquiéter, lui répondit Lucie : l'argent que je vous donne est

le fruit de mon travail, et mes parents sa-
vent bien que j'en dispose en votre faveur. Alors elle lui dit ce qui s'était passé
chez son père et elle ajouta :

— Autrefois je partais tous les matins
à huit heures pour aller à l'école de la
ville, qui est à une demi-lieue d'ici. Depuis que vous êtes de retour je me lève
deux heures plus tôt, je fais un petit panier d'osier, et en traversant le bois qui
est sur mon chemin je me mets à chercher des fraises ; quand mon panier est
rempli, je vais le porter à une fruitière, et
l'argent que je vous apporte est le prix
qu'elle me le paie.

Le soldat, en entendant ce récit, avait
les yeux mouillés de larmes.

— O ma chère enfant! s'écria-t-il, je
te dois bien plus que je ne le pensais ; je
croyais que pour me soulager tu te pri-
vais de ce que te donnait ta famille, d'un
argent destiné à acheter quelque baga-
telle, à satisfaire quelque fantaisie ; et

maintenant, je vois que pour me le donner il faut que tu le gagnes toi-même
par ton travail; Dieu te bénira et te ré-
compensera, ainsi que tes parents.

Le lendemain, l'on vit arriver dans le
village un général, qui à l'auberge entendit parler du vieux soldat. Il alla le voir,
et le reconnut pour un brave qui lui avait
sauvé la vie. Il s'informa de ses moyens
d'existence, et apprit que sans le secours
de la petite fille, son sauveur serait peut-
être mort de faim.

— Mon brave, dit le général, tu n'au-
ras plus besoin des secours de personne;
je te ferai une pension qui te mettra dans
l'aisance. Mais, en attendant, la petite
fille a payé ma dette; où est-elle? il faut
que je lui témoigne combien j'admire la
bonté de son cœur.

A peine achevait-il ces mots, que Lucie entra tenant à la main la pièce de dix
sous qu'elle avait reçue pour ses fraises.
Le général la pria de le conduire chez

ses parents. Quand il fut auprès d'eux, il leur dit :

— Voilà quinze jours que votre fille Lucie donne tous les matins une pièce d'argent à votre voisin le soldat ; comme je suis son trésorier, je viens vous rembourser. En même temps il remit dans les mains du père étonné quinze pièces d'or. Celui-ci ne voulut pas les recevoir, mais le général exigea qu'il les conservât pour sa fille :

— Car, dit-il, celle qui fait si bon usage de son argent ne doit pas en manquer. Puis, se tournant vers elle, il ajouta :

— Continuez à être bonne et charitable, vous aurez en moi un protecteur affectionné.

Le général, qui demeurait dans un château des environs, ne manqua pas à sa promesse, et fit par son appui le bonheur de Lucie et de sa famille.

LE MEURTRIER.

Jérôme était un garde-chasse qui remplissait fidèlement les devoirs de sa place. Un jour, il rencontra sur les terres de son maître, Félix, un de ses amis, qui braconnait, c'est-à-dire qui chassait sans permission. Il l'avertit que, s'il le surprenait une seconde fois, il ne pourrait se dispenser de faire son devoir. Félix rit de la menace, et peu de jours après, ayant été rencontré de nouveau par Jérôme au moment où il tirait un daim sur les terres que gardait celui-ci, il ne put, malgré ses prières, empêcher Jérôme de dresser son procès-verbal.

Le maître voulait un exemple, il cita Félix devant le tribunal, et le fit condamner à une amende; cette amende était bien légère, toutefois Félix, furieux d'avoir été appelé en justice, conçut une haine mortelle contre le propriétaire et le garde-chasse. Pour se venger du premier,

Il continua de braconner chaque jour chez lui ; mais il faisait en sorte d'échapper à l'œil vigilant du second. Cependant un soir Jérôme le surprit en flagrant délit ; une discussion s'éleva entre eux, et le braconnier tua le garde-chasse d'un coup de fusil. Personne n'avait vu commettre le crime ; aussi Félix évita-t-il le châtiment qui lui était dû.

Après ce cruel événement, il voulut renoncer à la funeste habitude qu'il avait contractée ; mais pour le punir sans doute, Dieu avait fait dégénérer en une véritable passion le goût qu'il avait pour la chasse. Il ne cessa donc de braconner et de s'attirer de temps en temps des procès, qu'il finit par regarder comme les conséquences nécessaires de sa conduite coupable.

Jérôme en mourant laissa une veuve et un enfant de dix ans environ. Douze ans plus tard cet enfant, élevé par l'un de ses oncles pour la profession de son père, prit la place que celui-ci avait occupée. Le

maître avait toujours témoigné un vif intérêt au fils de l'homme mort à son service; il célébra par une grande chasse
l'installation de son nouveau garde. Les
chiens débusquèrent et poursuivirent un
superbe chevreuil. Au moment où l'animal passait à une grande distance d'Hubert (c'était le nom du nouveau garde-
chasse), il lui tira un coup de fusil qui le
blessa, et voulut l'achever d'un second
coup. A peine l'eut-il fait partir, qu'il entendit sortir des broussailles qui se trouvaient dans la direction du chevreuil un
grand cri accompagné de ces mots : *Il
m'a tué!*

Hubert et les autres chasseurs se précipitèrent vers l'endroit d'où partait cette
voix; ils y virent un homme étendu à
terre, et baigné dans son sang. On le reconnut bientôt : c'était Félix le braconnier, qui, surpris au moment où il chassait, s'était caché dans ce fourré.

Hubert pleurait à chaudes larmes, s'accusait d'avoir commis un meurtre, voulait visiter la plaie de Félix et lui demandait pardon, protestant de son innocence. Dès que Félix l'eut envisagé, il frémit de la tête aux pieds, comme s'il eût reçu une nouvelle blessure. Pendant quelques instants, il le regarda fixement, et lui dit enfin :

« Recule-toi, Hubert, et cesse de me
» demander pardon ; sans le vouloir,
» sans le savoir, tu viens de venger ton
» père. C'est moi qui, il y a douze ans,
» assassinai Jérôme, pour l'empêcher
» d'accomplir son devoir. Mon crime
» resta ignoré de tous ; mais Dieu le sa-
» vait et il t'a amené par la main pour
» me punir au moment qu'il avait fixé.
» C'est justice. » En prononçant ces mots,
il expira.

LES LORIOTS.

L'hiver était très rigoureux ; Robert et Berthe, frère et sœur, avaient reçu cha-

cun de leurs parents un petit sac de blé,
pour aller le porter au moulin et en rap-
porter la farine nécessaire pour faire le
pain de la famille.

— Allez, mes enfants, leur avait dit la
mère, et faites-vous bien rendre votre
compte, car la farine est chère, cette année. Je promets à celui de vous deux dont
le sac sera le mieux rempli une petite galette que je ferai cuire en même temps que
notre pain.

Berthe et Robert eurent grand soin de
ne pas perdre de grains dans la route;
mais en arrivant au moulin, Berthe vit
au pied de la haie dont était clos le jardin du meûnier un grand nombre de petits oiseaux qui cherchaient de quoi manger et ne trouvaient rien : l'année avait
été mauvaise pour les animaux comme
pour les hommes. En regardant ces oiseaux, Berthe laissait tomber à terre quelques grains· ils vinrent se les disputer
jusque sous ses pieds.

— Ah ! mon frère, dit-elle, vois donc !
ce sont les pauvres loriots qui nous amu-
saient tant par leur vivacité et leur ra-
mage l'été dernier ; en vérité, je ne puis
les laisser mourir de faim ; et en parlant
ainsi elle leur jeta deux ou trois poignées
de blé ; les oiseaux se précipitèrent dessus
comme des affamés.

— Tu viens de faire quelque chose de
beau ! répondit Robert. D'abord tu as
perdu tout ton droit de galette, car moi
qui ai plus de blé, j'aurai certainement
plus de farine ; ensuite, tu as donné trois
poignées de grains, pourtant tu sais qu'il
est très cher, et qu'à la maison nous n'en
avons pas beaucoup. Va, nos parents te
gronderont ; tu avais bien besoin de te
laisser aller à cette sotte compassion !

— Mon cher frère, répliqua Berthe, je
tâcherai que personne ne souffre du plaisir que j'ai eu à nourrir ces oiseaux. D'a-
bord, toi, tu y gagneras la galette, et
quant à nos parents, pour les indemni-

ser de ce que je leur ai enlevé, j'irai ce soir me coucher sans souper. Robert, en entendant cette réponse, se moqua de sa sœur, et ses plaisanteries ne cessèrent pas jusqu'à ce qu'ils fussent arrivés au moulin.

On fit moudre aussitôt ce qu'ils apportaient ; lorsqu'on leur rendit leur farine, il arriva une chose étrange : Robert trouvait exactement son compte, et cependant Berthe avait plus de moitié en sus. On fut obligé de lui prêter un autre sac.

— Bon Dieu ! dit Robert, d'où peut provenir cette augmentation ? n'est-ce point un miracle que Dieu a fait en faveur de ma sœur, parce qu'elle a secouru de pauvres créatures ! Oh ! je me repens de l'avoir blâmée, et de m'être moqué d'elle. Elle a bien fait, puisque Dieu l'a récompensée. Berthe, qui était fort pieuse, se montrait aussi disposée à concevoir la même idée ; mais le meûnier leur dit :

— Enfants, ce qui s'est passé n'a rien de surnaturel. J'étais derrière la haie de mon jardin quand vous êtes arrivés au moulin. J'ai entendu votre conversation, j'ai pu juger de la bonté du cœur de Berthe, et j'ai voulu la récompenser. Cependant, vous devez conserver la même reconnaissance envers la Providence divine, puisque dans cette circonstance je ne suis que son instrument, et que c'est elle qui, pour vous encourager au bien, m'a inspiré la volonté et donné le pouvoir de récompenser la charité de Berthe.

L'ANNEAU MAGIQUE.

M. Deville avait été obligé de se rendre au Mexique pour recueillir une importante succession qui lui était échue dans ce pays; comme il n'avait en France aucune fortune, sa famille avait vu arriver cet événement avec le plus grand plaisir.

Deux ans après son départ, le bruit se

répandit que le navire sur lequel il revenait avec ses richesses avait été capturé par un corsaire. Cette nouvelle était fausse, car quelques mois après M. Deville aborda à Marseille, sa ville natale, avec la fortune qu'il avait recueillie.

Dans la traversée, il s'était lié d'amitié avec M. Raymond, jeune médecin, qui avait voulu s'établir au Mexique, et qui revenait en France, le climat du pays ne convenant point à sa santé.

En abordant, M. Deville apprit que toute sa famille, réunie dans une maison de campagne à une demi-lieue de la ville, célébrait la fête d'une parente. Pressé du désir de revoir ses proches après une si longue séparation, il se hâta d'aller les joindre, sans se donner le temps de faire parvenir ses bagages à terre, et encore vêtu de l'habit qu'il avait porté pendant toute la traversée. Cet habit était, il faut le dire, plus que modeste, et détérioré par un long usage.

M. Deville pria M. Raymond de l'accompagner, il lui assura qu'on le recevrait à bras ouverts. Ils arrivèrent tous deux à la maison de campagne où la famille était assemblée. La maîtresse de la maison fut appelée; c'était une tante de M. Deville; elle jugea, d'après le costume de son neveu, que la nouvelle répandue n'était que trop vraie et qu'il revenait privé de toute ressource. Elle lui fit un froid accueil; toutefois, elle ne crut pouvoir se dispenser de l'introduire, ainsi que son ami, dans la salle où l'on était réuni à table.

Les convives n'en jugèrent pas autrement que la maîtresse du logis, et leur conduite ne différa guère de la sienne. Aucun d'eux ne parla du malheur éprouvé par M. Deville; ils craignaient tous que le récit des infortunes du parent ne fût suivi d'une demande de secours.

Une seule personne paraissait prendre intérêt au cousin nouvellement débarqué;

c'était la fille de la maison. Elle s'empressait de le faire servir, ainsi que son ami, et tâchait, par ses attentions, de lui faire oublier la réception bien froide des autres membres de la famille.

M. Raymond était fort contrarié d'avoir consenti à accompagner un homme dont le retour faisait sur sa famille une impression si fâcheuse, il se plaignait tout bas à M. Deville de ce qu'il l'avait mis dans une fausse position.

— Vous vous inquiétez pour bien peu de chose, lui dit celui-ci; savez-vous pourquoi l'on me fait mauvaise mine?

— Vraiment non, je n'en puis comprendre la cause.

— C'est qu'un enchanteur m'a jeté un sort qui me rend méconnaissable.

— Quelle plaisanterie!

— Heureusement j'ai sur moi un anneau magique qui va détruire l'enchantement.

En disant ces mots, il tira d'un petit

écrin, qu'il avait dans sa poche, une magnifique bague de diamant et la mit à son
doigt. Les pierres jetaient un tel éclat,
que bientôt elles attirèrent l'attention des
personnes qui étaient placées près de
M. Deville. La nouvelle passa de bouche en
bouche, et comme le joyau était de très
grand prix, tout le monde pensa qu'il fallait être fort riche pour le posséder, et
qu'un homme nécessiteux eût dû en faire
depuis longtemps ressource.

Alors celui qui avait été si froidement
accueilli, parce qu'on le croyait pauvre,
fut, dès qu'on le crut riche, accablé de
marques d'affection et de prévenances;
chacun lui fit fête, toutes les figures s'é-
panouirent, on lui demanda le récit de
son voyage, et quels étaient ses projets
pour l'avenir. Enfin, ses plus proches parents ne pouvant plus modérer l'ardeur
de l'amitié qu'il venait si subitement de
leur inspirer, se levèrent de table pour

l'embrasser; les autres vinrent lui serrer la main.

— Eh bien! dit M. Deville à son ami, maintenant croyez-vous à la vertu de mon anneau magique?

— Mais oui, dans un certain sens j'y crois. Le mauvais sort qu'on avait jeté sur vous, c'était ce vieil habit qui vous donne l'air d'un homme ruiné, et la bague de diamant a rompu ce charme en montrant qu'il couvre un Crésus.

Le soir, en faisant ses adieux à sa famille, M. Deville mit la belle bague au doigt de sa jeune cousine en lui disant :

— Permettez à votre cousin qui est riche de vous témoigner la reconnaissance que vous doit le cousin que vous croyiez pauvre.

LE MANTEAU.

Bénard exerçait dans un gros bourg la profession de maréchal, il voulait laisser sa boutique à son fils unique; mais celui-ci, ayant atteint l'âge de vingt ans, fut obligé de partir comme soldat. Peu de temps après, le père tomba malade; sa maladie fut longue, et quand il fut revenu à la santé, il avait perdu une partie de ses pratiques. A la même époque, il éprouva une banqueroute qui lui enleva ce qu'il avait économisé pendant trente ans de travail, et le pauvre homme se trouvait tout-à-fait ruiné.

Ne voulant pas vivre misérable dans un pays où il avait joui de l'aisance, il alla demeurer dans un petit village à cinquante lieues de là, et fut obligé, pour gagner sa vie, de travailler comme ouvrier chez un maréchal.

Ce village, où résidait alors Bénard, n'était pas très éloigné de la frontière du royaume d'Espagne, avec lequel l'on venait de terminer la guerre. Un soir, des soldats qui rentraient en France vinrent demander au maire un guide pour les mener, à deux lieues, dans une petite ville où se trouvait le régiment dont ils faisaient partie. On chargea de les conduire un pauvre journalier, auquel on promit un léger salaire.

Au moment de se mettre en marche, le temps était très humide et très froid. Les soldats, couverts de leurs capotes, ne s'en inquiétaient guère; mais le pauvre journalier, légèrement vêtu, craignait de souffrir beaucoup de la bise et de la pluie, d'autant plus qu'il avait à faire un double trajet; il lui fallait aller et revenir. Il pria donc quelqu'un des paysans de lui prêter un manteau, tous s'y refusèrent. Il ne s'adressa pas à Bénard, qu'il savait aussi pauvre que lui, mais celui-ci vint de lui-même lui dire qu'il avait un vieux manteau et qu'il le lui offrait avec plaisir.

Le journalier accepta et partit; il ne revint pas le soir même; déjà l'on disait à Bénard qu'il ne reverrait plus son manteau. Lui, qui éprouvait chaque jour que la misère peut bien être la compagne de la probité, pensait qu'un accident imprévu avait retardé le retour du guide.

En effet, on le vit revenir le lendemain matin ; il n'était pas seul : un jeune et brillant capitaine, décoré de deux croix, l'accompagnait ; tous deux se rendirent à la demeure de Bénard, et dès qu'il l'eut aperçu, l'officier se jeta dans ses bras, en criant :

—Mon père, je vous retrouve donc enfin !... C'était le fils de Bénard, qui ne l'avait pas vu depuis trois ans.

Le fils raconta à son père que plusieurs actions d'éclat lui avaient valu son grade et ses décorations.

— Mes succès, ajouta-t-il, m'auraient rendu complètement heureux, si je n'avais été inquiet sur vous. Depuis dix-huit moi je n'ai pas reçu de vos nouvelles. On m'a écrit du pays que vous l'aviez quitté après avoir éprouvé des pertes qui vous enlevaient votre petite fortune. Un instant j'ai espéré que vous viendriez me rejoindre, mais je ne vous ai pas vu, et malgré mes demandes réitérées, malgré les recherches que j'ai fait faire, je n'ai pu connaître votre nouvelle résidence. Le père répondit qu'il n'avait pas voulu affliger son fils en lui faisant connaître une misère qu'il le croyait hors d'état de soulager.

L'officier termina ainsi son récit :

— J'ai été bien étonné hier en voyant cet homme, qui servait de guide à des soldats de ma compagnie, porteur de votre manteau. Je ne pouvais confondre ce manteau avec un autre, puisque l'agrafe porte votre chiffre que j'ai gravé moi-même sur une petite plaque de cuivre. J'ai demandé à qui il appartenait, et j'ai su avec bonheur que la mauvaise fortune ne vous avait pas changé, et que le plaisir que j'allais goûter en vous retrouvant bien plus tôt que je ne l'espérais, je le devrais à un acte de votre humanité envers un homme qui n'est pas plus riche que vous.

Bénard quitta le village le jour même pour accompagner son fils, et celui-ci, ayant obtenu un poste qui lui donnait une résidence fixe, le bon père eut une vieillesse paisible auprès d'un fils digne de lui.

LES BUISSONS.

M. l'abbé Olivier, jeune ecclésiastique, s'était toujours senti une grande propension à s'occuper de l'éducation de la jeunesse; il avait un frère aîné nommé Pierre, qui, après quelques années de mariage, se trouvait chargé d'une nombreuse famille. A l'âge de vingt-huit ans, l'abbé Olivier obtint une cure dans un gros bourg près de Poitiers, et alors il demanda à son frère de lui envoyer ses deux fils aînés, lui proposant de les garder près de lui et de les instruire. Afin de déguiser les services qu'il voulait rendre à sa famille, il ne parlait guère dans sa lettre que du vif plaisir qu'il se promettait dans la société de deux enfants aussi aimables que Philibert et Alexandre, ses deux neveux.

M. Pierre Olivier s'empressa de déférer à la demande de son frère, car il savait ne pouvoir rien faire de plus avantageux pour ses fils que de leur donner un instituteur bon, savant et pieux comme leur oncle.

Les deux enfants arrivèrent au presbytère, et M. Olivier fut charmé de l'air de ses élèves; ils étaient doux, bien élevés, et déjà possédaient quelques connaissances. De leur côté, ceux-ci se plurent beaucoup avec un maître qui savait exciter sans cesse leur attention, piquer leur curiosité, et enfin leur rendre l'étude facile et agréable.

Dans toutes les leçons que l'abbé Olivier donnait à ses neveux, il remontait à la cause première; quand il leur faisait

admirer les beautés de la nature, le lever
du soleil, le ciel, qui pendant la nuit s'il-
lumine de mille feux, il leur rappelait
que l'auteur de ces merveilles c'est Dieu.
Il leur disait souvent que plus l'homme
est savant, plus il trouve de motifs d'admirer la bonté et la puissance du créateur ;
car, la science démontre que dans la nature rien n'existe en vain ; que les choses
qui nous semblent au premier aspect nuisibles ou inutiles, sont souvent les preu-
ves les plus convaincantes de l'intelli-
gence infinie qui a présidé à la création.

Dans les premiers jours du printemps,
l'oncle et les deux neveux étaient, vers le
soir, à se promener au milieu des champs
Philippe et Alexandre regardaient défiler
devant eux un beau troupeau de moutons. L'oncle leur expliquait quel usage
on fait de la laine, et leur apprenait à admirer la prévoyance admirable qui, à
l'aproche de l'hiver, rend plus épaisse la

fourrure ou la toison des animaux, afin
de les mieux garantir des frimas.

En causant ainsi, ils vinrent à passer
devant un gros buisson d'aubépine, et
Philibert, en s'en approchant un peu
trop, eut la figure légèrement égratignée
par une branche qui avançait sur le chemin; il s'écria avec impatience :

— Ah! mon Dieu, pourquoi y a-t-il
des buissons pleins d'épines qui viennent
ainsi déchirer la figure des passants?

— Comment! Philibert, répondit son
oncle, tu voudrais que les buissons se dé-
rangeassent pour te faire place?

— Je ne suis pas exigeant, mais je
voudrais que l'on me dît à quoi sont bonnes les épines qui m'égratignent! et
voyez, ce n'est pas à moi seul qu'elles
font du mal! Toutes leurs branches du
bas sont chargées de flocons de laine,
que les pauvres moutons se sont laissé
enlever, en passant, par ces méchantes
pointes.

— Vraiment, Philibert, je crois que tu as raison, dit à son tour Alexandre, les buissons sont des brigands qui attendent les gens sur les chemins pour verser leur sang ou les voler ; ce serait, je crois, faire une bonne œuvre que de les détruire.

— Une bonne œuvre, mon cher neveu ! le croyez-vous ? Alors je suis des vôtres ; il est trop tard ce soir pour la commencer ; mais demain matin nous nous lèverons au point du jour pour nous mettre à détruire ces méchants buissons. Nous ferons bien de ne pas perdre notre temps, car il me semble qu'il y en a beaucoup et partout.

Les deux enfants furent étonnés de cet assentiment ; toutefois leur attention fut bientôt détournée, et ils ne pensèrent plus aux épines.

Le lendemain matin, leur oncle les fit lever dès l'aurore.

— Partons, disait-il, prenez chacun une serpe et allons abattre tous les buissons épineux, qui ne sont bons à rien.

Alexandre et Philibert se hâtèrent, quoique un peu surpris, et suivirent leur oncle. En arrivant en haut d'une colline, ils aperçurent les buissons qui avaient excité la mauvaise humeur de Philibert; c'était une partie de la clôture d'un vaste champ de blé, dont la tendre verdure ressemblait à un tapis couleur d'émeraude. L'aubépine qui formait les haies en grande partie, était alors tout en fleurs, et formait d'immenses bouquets embaumant la campagne.

— Eh bien! Philibert, dit M. Olivier, voilà ton ennemi : en avant! marche!

— Mon oncle, j'ai scrupule de détruire des arbustes aussi jolis.

— Puisqu'ils te sont nuisibles, à toi, aux moutons, à tout le monde.

— Quant à moi, j'aurais dû me déranger, je ne me plains plus.

— Au fait, je crois, comme toi, que tu as crié sans motif sérieux; tu pouvais te détourner d'un buisson, comme de tout autre objet inanimé; mais les moutons, les pauvres moutons, dont les buissons volent la laine! il faut songer à eux, ils n'ont pas l'instinct de se défendre contre de telles attaques! Avançons donc, et préparez vos serpes.

En approchant de la haie, les enfants y virent un grand nombre d'oiseaux. Les uns prenaient dans leur bec un brin de la laine restée aux buissons et s'envolaient; les autres se disputaient un petit flocon, chacun en attrapait sa part et suivait les premiers, puis revenait; enfin les oiseaux faisaient si bien qu'il ne restait presque plus de laine aux buisons.

— Ah! mon frère, vois donc, disait Alexandre; les oiseaux mangent-ils donc de la laine?

— Je crois que c'est pour leur nid qu'ils viennent la recueillir.

— C'est donc à présent que les oiseaux construisent leur nid, Philibert?

— Oui, vraiment, et cela me fait naître une idée : dites-moi, mon oncle, les moutons laissent-ils ainsi en tout temps de la laine aux buissons ?

— Non, mon ami, c'est seulement après le temps froid, lorsque leur toison est près de se dégarnir.

— Oh! mon oncle, maintenant je reconnais ma faute ; hier j'oubliais vos leçons quand je supposais que Dieu pouvait avoir fait quelque chose sans but et sans utilité ! Oui, les buissons sont une œuvre bien touchante! s'ils recueillent cette laine qui devient inutile aux brebis, c'est pour la donner aux oiseaux, afin que leurs nouveaux-nés aient chaud et soient mollement couchés dans leur nid.

En ce moment arriva le fermier auquel appartenait le champ de blé que les buissons entouraient ; il salua son curé respectueusement, lui souhaita le bonjour, puis il demanda ce qui l'amenait de si bon matin dans les champs. M. Olivier lui conta, en souriant, l'aventure, et termina en lui disant pour quelle raison ses neveux avaient renoncé à leur projet.

— Vos motifs sont très bons, mes petits messieurs, dit le fermier, cependant permettez-moi de vous dire qu'il y en a de meilleurs à y ajouter.

Non-seulement les buissons sont agréables à voir et *généreux* pour les petits oiseaux, mais encore ils sont pour les hommes de la plus grande utilité. Voyez la haie qui entoure ce champ de blé, il ne pourrait y passer un lapin, aussi le blé n'est mangé ni par les bêtes fauves ni par les bestiaux ; mon jardin n'a pas d'autre enceinte, et elle le défend mieux qu'un mur. Ah ! les buissons d'épines sont un grand bienfait de la Providence pour les gens de la campagne ; ils forment des clôtures excellentes qui ne coûtent presque rien, qui s'améliorent chaque année et qui donnent même un peu de bois.

Cette leçon s'est gravée pour toujours dans le cœur d'Alexandre et de Pilibert; jamais ils n'ont oublié que toute œuvre de Dieu a son utilité, évidente ou cachée.

LE CONCERT IMPROVISÉ.

Il y a quelques années, je connaissais à Paris un compositeur fort distingué auquel je donnerai le nom de Savigny. Comme la carrière de la gloire n'est pas toujours celle de la fortune, surtout pour ceux des musiciens qui songent plutôt à composer de la musique qu'à exécuter celle des autres, Savigny n'était pas riche; il avait, il est vrai, une place de professeur; il avait le titre de maître de chapelle d'un prince d'Allemagne; plusieurs de ses ouvrages étaient représentés ou exécutés dans des concerts; mais comme il était sans ambition et sans intrigue, tout cela ne lui composait qu'une existence fort bornée. De plus, il s'était marié à une jeune femme sans fortune qui l'avait laissé veuf avec deux enfants, après avoir épuisé les ressources et même engagé l'avenir de la famille par des dépenses qu'avait occassionnées une très longue et très douloureuse maladie. En un mot, M. Savigny, obligé par sa situation de conserver les apparences de la fortune, parvenait tout juste à la fin de l'année à niveler ses recettes et ses dépenses.

Un jour, avec ses deux enfants, Charles et Hélène, il allait en cabriolet de louage faire une visite aux Thermes, village près de Paris; il suivait l'avenue de Neuilly, alors encombrée de promeneurs à pied, à cheval et en voiture. M. Savigny fit remarquer à ses enfants trois musiciens ambulants, s'apprêtant à donner un échantillon de leur talent à un petit auditoire qui commençait déjà à former le cercle autour d'eux.

— Ce sont des confrères, disait-il; je ne les crois pas bien forts sur l'exécution;

mais enfin, comme nous, ils s'occupent
de la musique, et vous savez bien qu'il
en faut pour toutes les oreilles. D'ailleurs,
je dois dire que parmi ces musiciens des
rues on trouve parfois des talents enfouis;
écoutons ceux-là, il y a peut-être parmi
eux un Paganini.

Hélène, qui était une jeune demoiselle
de quinze ans, et Charles, qui n'avait
qu'un an de moins que sa sœur, tous
deux déjà fort habiles musiciens, accueil-
lirent en riant cette idée. M. Savigny,
riant lui-même, fit arrêter le cabriolet;
il eut bientôt regret de sa curiosité : les
deux violons dont jouaient le père et la
mère, la harpe dont pinçait leur petit
garçon, faisaient un charivari qui mit en
fuite le petit nombre d'assistants. M. Savigny, désappointé, se préparait aussi à
faire retraite.

— Vraiment, dit-il à ses enfants, je ne
les supposais pas si mauvais; cette femme
tenait son violon avec une fermeté qui

promettait quelque chose de mieux ; le
père a une barbe blanche comme celle
d'Ossian ! Allons, je vois bien qu'il n'en
a que la barbe.

En parlant ainsi, il commençait à faire
avancer son cheval ; il se trouvait devant
les musiciens, quand un équipage conduit à l'anglaise par un jeune fou, et lancé
au grand trot de deux chevaux vigoureux,
vint heurter le cabriolet et le renversa.
M. Savigny et ses enfants furent seulement froissés, mais la musicienne ambu-
lante reçut un coup de pied du cheval,
elle eut la jambe cassée : le jeune homme
auteur de cet accident se sauva à toute
bride, quelques efforts que l'on fît pour
arrêter ses chevaux.

La pauvre femme poussait des cris de
douleur, son mari et son fils gémissaient
et disaient qu'ils étaient ruinés pour toujours. M. Savigny, qui s'était bien vite
dégagé, perça la foule assemblée autour
de la femme blessée, prit tout de suite

les dispositions nécessaires pour la faire
transporter à l'hospice le plus voisin et
vint rejoindre ses enfants; il songeait
avec peine que son état de fortune ne lui
permettait pas de réparer le mal qu'un
homme, riche sans doute, venait de cau-
ser à des malheureux.

Il retrouva au milieu de la foule le petit garçon avec la harpe et les deux violons; quelques personnes cherchaient à
le consoler, d'autres lui donnaient de l'argent, quelques-uns des conseils, d'autres
enfin proposaient d'ouvrir une souscrip-
tion.

Tout-à-coup une idée singulière s'em-
para de M. de Savigny; son cabriolet de
louage était relevé, et Charles assisté de
quelques officieux, le visitait et réparait
le désordre des harnais.

— Viens, mon ami, lui dit son père,
viens avec ta sœur; voyons si à nous trois
nous ne pourrons pas faire quelque chose
pour nos compagnons d'infortune; prends

le meilleur des deux violons; moi je vais prendre la harpe. Allons, un concert au profit de la femme blessée.

Aussitôt les deux instruments furent d'accord, ce qui ne leur était pas arrivé depuis longtemps, et une harmonie comme on n'en entend point dans les rues attira en quelques instants un immense concours. M. Savigny fut reconnu; son nom et le motif de son action extraordinaire circulèrent dans les groupes. Un de ses amis qui se trouva là par hasard prit Hélène par la main et commença avec elle une quête *pour la pauvre musicienne blessée.* La recette fut très abondante; la foule se composait d'oisifs, c'est-à-dire de gens riches pour la plupart. Bientôt Hélène, appelée par son père, prit à son tour la harpe, et, s'accompagnant avec une rare habileté, fit entendre les accents délicieux d'une voix pure et sonore.

On n'eut pas besoin de continuer la

quête ; chacun s'empressa d'augmenter et de doubler son offrande, car tout le monde était enchanté de voir de si beaux talents consacrés à une si bonne action. La recette s'éleva à plus de douze cents francs. M. Savigny la remit au père, qui était venu chercher le jeune garçon et ses instruments, et comme le pauvre homme se confondait en remercîments :

— Allons, allons, lui dit le compositeur, ne parlons plus de cela ; entre confrères, il se faut entr'aider ; seulement il est bien entendu que c'est à charge de revanche.

LES MARGUERITES.

La petite Marguerite vivait il y a fort longtemps ; elle était fille d'une pauvre veuve, qui, bien qu'elle n'eût qu'une très petite fortune, l'élevait très pieusement, et avec beaucoup de soin.

Un jour, la mère et la fille allèrent toules deux se promener, au commencement du printemps, dans de belles prairies qui environnaient la ville. Le gazon nouveau né était du vert le plus tendre et parsemé de ces jolies petites fleurs jaunes et blanches qui font le même effet sur ce tapis verdoyant que les étoiles dans l'azur foncé d'une belle nuit d'été.

— Que cette prairie est jolie! disait la mère; qu'ils sont beaux ces arbres qui l'entourent! voici des ormes et des marronniers; comme leur verdure est différente! voilà de vieux peupliers qui s'élèvent à perte de vue, semblables à des obélisques; en vérité, Dieu est bien bon, il place sans cesse sous nos yeux un spectacle magnifique et préférable à tous ces ornements que les riches entassent dans leur demeure. Les moindres choses, comme les plus grandes, sont belles dans leurs plus petits détails

— Oh! cela est bien vrai, ma chère maman, disait Marguerite; examinez ces petites fleurs; voyez comme le cercle intérieur est d'un jaune doré, comme les feuilles qui rayonnent à l'entour sont blanches, et se terminent par une teinte rosée! Nous n'avons pas de fleurs semblables dans notre jardin, ne pourrais-je pas en prendre quelques pieds ici, pour les y transplanter?

— Certainement, ma fille, rien ne s'y oppose, et tu feras d'autant mieux, que ces plantes ont, outre leur beauté modeste, quelques qualités médicinales.

Le lendemain, Marguerite vint avec un panier, et déracina plusieurs pieds de ces fleurs qui lui avaient semblé si jolies, elle les transporta dans son jardin et en fit une petite bordure à une plate-bande. Elle avait grand soin de bêcher la terre autour et d'enlever les herbes nuisibles; elle les arrosait aussi, lorsqu'il ne pleuvait pas.

Les plantes poussèrent de nouveaux boutons, Marguerite remarqua avec joie qu'ils étaient beaucoup plus gros que ceux de la prairie; quand les boutons s'ouvrirent, elle vit que les fleurs étaient non-seulement beaucoup plus grandes, mais beaucoup plus belles; on les eût cru veloutées.

La jeune fille n'en fut que plus active à soigner ces fleurs, qui s'embellissaient par son travail. Un mois après, elle fut témoin de métamorphoses encore plus extraordinaires. Les petits fleurons jaunes qui formaient le disque intérieur disparurent; ils firent place à de nouveaux pétales, et ces pétales eux-mêmes se nuancèrent de diverses couleurs. Les uns devinrent d'un rouge pâle, les autres tout-à-fait roses, d'autres d'un bleu tendre. Ceux qui conservèrent leur couleur primitive étaient d'une blancheur plus éclatante.

Marguerite, au comble de la surprise et du bonheur, fit voir à sa mère les fleurs une à une, et lui demanda comment ces

changements admirables avaient pu s'o-
pérer.

— Ce sont tes soins qui les ont pro-
duits, répondit la mère; Dieu, dans sa
bonté, a permis à l'homme d'améliorer
par son travail tout ce que la nature lui
offre de bon et d'utile. Ces plantes super-
bes qui ornent nos jardins ne sont, dans
l'état de nature, que de jolies fleurs. Vois
la différence qui existe entre une églan-
tine et une rose, c'est cependant la même
fleur : mais la rose a été embellie par la
culture. Il en est de même des fruits :
les poires, les pommes, les pêches, dont
la saveur est si délicieuse, viennent sur
des arbustes qui naturellement ne por-
tent que des baies sauvages, bonnes tout
au plus pour les animaux.

Les animaux aussi, tu le sais, s'améliorent beaucoup par nos soins. La toison
du mouton devient plus épaisse, le lait
de la vache meilleur, et la poule donne
des œufs tous les jours au lieu d'une ving-

taine par année. C'est ainsi que des travaux assidus trouvent leur récompense, et que l'homme devient le maître de la nature.

L'homme lui-même est soumis à cette loi, il ne peut acquérir de bonnes qualités, de la piété et des vertus, que par les soins qu'on lui donne dans son enfance. Si on laissait les jeunes filles et les jeunes garçons grandir dans l'inaction, l'oisiveté et la paresse; si on ne leur apprenait à connaître et à adorer Dieu, si on ne leur révélait les mystères de notre sainte religion, enfin si on ne leur enseignait les arts et les sciences, ou du moins ce qui leur en sera nécessaire dans leur position future, ces enfants deviendraient de véritables sauvages, non-seulement inutiles à eux-mêmes et à leurs semblables, mais encore nuisibles et dangereux. Tu peux donc comprendre, ma fille, combien est grand le bienfait de l'éducation; quelle reconnaissance il doit inspirer à ceux qui le reçoivent; et combien sont coupables les enfants qui refusent l'instruction que leurs maîtres, leurs parents et les ministres de Dieu s'efforcent de leur donner.

Cette leçon arrivait bien à propos pour Marguerite, qui se montrait quelquefois peu disposée au travail; elle conçut, par l'expérience qu'elle en avait faite elle-même, quelle différence l'éducation et la culture de l'esprit mettent entre les hommes. Chaque fois qu'elle voyait les fleurs, ces idées lui revenaient dans l'esprit; aussi bientôt son application et ses succès ne laissèrent à sa mère rien à désirer.

Le printemps suivant, Marguerite fit une légère maladie; lorsqu'elle fut convalescente, il lui resta une propension fâcheuse à l'oisiveté. Elle demeurait inactive pendant une partie du jour, elle voulait se coucher de bonne heure et se lever tard.

Longtemps la mère, inquiète sur la

santé de sa fille, hésita à lui faire des re-
montrances ; mais quand le médecin eut
déclaré plusieurs fois que depuis longtemps il ne restait aucune trace du mal
que Marguerite avait éprouvé, elle se détermina à lui faire reprendre ses travaux
accoutumés.

Les mauvaises habitudes prennent si
facilement empire dans l'enfance, que
toute application était devenue pénible à
Marguerite. Elle profitait des moindres
prétextes pour ne rien faire, et sa mère
commençait à concevoir quelque inquié-
tude.

Un jour que la jeune fille avait passé
plusieurs heures dans une oisiveté abso-
lue, sa mère l'engagea à descendre avec
elle au jardin, et tout en causant, elle la
mena vers cette plate-bande où l'année
précédente elle avait transplanté les fleurs
de la prairie.

— Tiens, lui dit-elle, regarde donc ces

fleurs qui étaient si jolies l'année dernière !

Marguerite y jeta les yeux nonchalamment, croyant les retrouver telles qu'elle les avait laissées ; mais quelle fut sa surprise et même son chagrin, en voyant que presque toutes étaient redevenues ce qu'elles avaient été jadis dans la prairie, des fleurettes jaunes et blanches. Celles qui ressemblaient aux jolies fleurs qui l'année d'auparavant avaient si bien orné la plate-bande, étaient dans un état de dépérissement évident ; déjà le nombre de leurs pétales diminuait, leurs couleurs étaient moins vives, et l'on pouvait bien prédire qu'avant peu elles ne seraient que des fleurs de la prairie.

— Oh ! mon Dieu, que cela est triste et désolant ! quoi ! tout mon travail est perdu ! Ces fleurs n'ont rien conservé de l'éclat qu'elles avaient l'année dernière.

— Voilà ce qui arrive, répondit la mère, quand on cesse de cultiver les plantes ;

les mauvaises herbes croissent à l'entour, elles manquent d'eau, de bonne terre, et redeviennent ce qu'elles étaient avant que la culture les eût améliorées. Pour conserver ce que l'on a obtenu, il faut beaucoup d'assiduité et de constance; il en est de même de l'éducation des enfants; il ne suffit pas de la commencer et d'obtenir quelques résultats : si l'on ne va jusqu'au bout, l'on perd ce qu'on avait acquis; l'oisiveté et la paresse, comme des mauvaises herbes, étouffent les bonnes dispositions, la piété, l'amour du travail.

Marguerite se reconnut dans le tableau que faisait sa mère; elle lui jeta en pleurant les bras autour du cou, et lui dit qu'à partir de ce moment elle et ses fleurs allaient redevenir ce qu'elles avaient été jadis. Elle tint parole, dès le jour même, et s'appliqua avec zèle à tous les travaux que sa mère lui indiqua. Elle se mit aussitôt à soigner avec une attention quotidienne les petites fleurs de la prairie. A mesure qu'elle réussissait à acquérir pour elle-même de nouvelles connaissances et de nouvelles qualités, les fleurs acquéraient de nouvelles beautés. Enfin elle parvint à être citée comme un modèle de ce que peut produire la bonne éducation ; et ses fleurs en même temps devinrent si éclatantes, que les amateurs de jardin venait lui en demander, et qu'on les désigna depuis sous son nom : on les appelle encore aujourd'hui des MARGUERITES.

HISTOIRE D'UN GROS SOU.

Le petit Clément avait récité à son grand-père trois pages de son catéchisme sans avoir fait une faute, et il avait écouté avec attention tout ce qu'on lui avait dit ce jour-là sur les précieux avantages de l'aumône. Il obtint donc la récompense qui lui avait été promise, *un gros sou,* dont il pouvait disposer à sa volonté.

Le sou qu'il reçut était ce que l'on appelle *un sou de cloche*. S'il avait l'avantage de représenter la face du bon roi Louis XVI, le métal en était altéré, crevassé, l'empreinte déjà fort usée, enfin c'était un très vilain sou. Preuve, entre mille, qu'il faut employer chaque chose à l'usage auquel elle est propre ; car de fort bonnes cloches, fondues pour en faire de la monnaie, ont donné les plus mauvais sous que l'on ait jamais vus.

Toutefois, le gros sou de Clément avait bien cours pour dix centimes, et l'enfant pouvait librement disposer de ce capital. Dix centimes, c'est quelque chose pour un enfant de six ans, surtout quand ses parents ont pour principe de satisfaire tous ses désirs raisonnables, mais de ne pas lui donner d'argent avant qu'il soit parvenu à l'âge de raison ; méthode fort sage, soit dit en passant, car donner de l'argent à un enfant, c'est lui donner la liberté de faire momentanément toutes les sottises imaginables.

Clément, embarrassé de sa richesse, songeait à l'emploi qu'il en pourrait faire. D'abord il eut l'idée d'acheter un *chausson de pommes*. Il avait vingt fois demandé à sa mère de lui donner cette grossière pâtisserie; elle s'y était toujours refusée et avait substitué au chausson des gâteaux beaucoup plus chers qu'elle prenait chez un pâtissier. Heureusement Clément n'avait pas alors grand appétit, il pensa que s'il achetait des billes ou des images, il pourrait s'en amuser longtemps; mais il réfléchit bientôt que sa mère ne lui en avait jamais refusé quand il en avait demandé. En ce moment vint à passer une marchande de noisettes, et comme c'était là une friandise ou un jouet qu'on ne lui avait pas donné toutes les fois qu'il l'avait désiré, il se détermina à faire, à sa première sortie, l'acquisition d'un litron de noisettes.

4

Après le dîner la bonne de Clément le conduisit, ainsi que sa sœur, au Luxembourg, pour y faire leur promenade accoutumée et y attendre leur mère, qui devait les rejoindre un peu plus tard. En passant devant les marchands qui se tiennent près de la grille, le petit garçon lorgna les noisettes et tira à moitié son gros sou, qu'il tenait à poing fermé au fond de sa poche, mais la bonne n'aurait pas permis que l'on eût acheté quelque chose en sortant de table; Clément se promit de revenir un plus tard, en jouant avec ses camarades.

Après avoir fait quelques tours dans le jardin, la bonne ayant conduit les enfants dans une partie très peu fréquentée (du côté de la rue d'Enfer), Clément vit un petit garçon de dix ans à peu près, vêtu simplement, qui était assis sur un banc et pleurait à chaudes larmes. Près de lui étaient deux ou trois des petits camarades de Clément, dont le plus grand lui adressait quelques mots de consolation.

Clément quitta sa bonne, s'approcha du groupe et prenant à part celui qui venait de parler au petit malheureux :

— Qu'a-t-il donc, demanda-t-il, et pourquoi pleure-t-il si fort?

— Ce n'est pas sans raison, il craint d'être battu; il a un maître qui lui fait faire des commissions, et en revenant d'acheter quelque chose il a perdu de l'argent.

— Ah! mon Dieu! dit Clément en approchant du petit garçon, craignez-vous vraiment d'être battu?

— Certainement, Monsieur.

— Mais avez-vous perdu beaucoup d'argent?

— Ah! j'ai perdu deux sous, et, il y a huit jours, pour moins que cela, j'ai reçu bien des coups.

— Deux sous! deux sous! dit Clément.

Et il porta la main à sa poche, mais en même temps il jeta par hasard les yeux

sur la marchande qui se trouvait à la grille
de la rue d'Enfer, et il hésita.

— Ah ! que c'est dur d'être battu ! continua l'enfant, qui pleurait.

Clément fut touché de pitié, il pensa à
ce qu'on lui avait dit sur le bienfait de
l'aumône, et il n'hésita plus ; tout en
voyant la grandeur du sacrifice qu'il faisait, il mit ses deux sous dans la main
du petit malheureux et se sauva vers sa
bonne.

C'était vraiment là une bonne action,
et le mérite de l'aumône était bien réel,
car en donnant deux sous il croyait se
priver d'un grand plaisir.

Cette aumône, ainsi faite, devait avoir
de grands résultats.

Le petit garçon, en rentrant au maga-
sin, alla rendre ses comptes, et il trouva
qu'il avait deux sous de trop ; il n'avait
réellement rien perdu, il avait seulement
mal compté son argent. Il fut obligé de
dire ce qui s'était passé, et son maître,

ému par ce récit, peut-être repentant de sa sévérité passée, lui donna un emploi moins inférieur qui améliora sa position et avança sa carrière.

Ce maître, homme juste et honnête quoique un peu vif, veut que ce même gros sou ne soit pas détourné de sa destination, et va le donner à titre d'aumône à un voisin, pauvre honteux, qui lui avoue que c'est le seul secours qu'il ait reçu de la journée, et que sans cette charitable visite il se serait couché sans avoir mangé.

Ce pauvre court promptement chez une voisine qui n'était guère plus riche que lui, et qui dans une échoppe vendait en détail du pain bis et quelques aliments de très bas prix. Il trouve la marchande en discussion avec un homme de mauvaise mine ; c'est lui qui est chargé de recevoir tous les trois jours le loyer de cette échoppe et de quelques autres appartenant à un même propriétaire. Le loyer de la marchande est de dix sous par jour, il faut payer trente sous; le receveur les exige rigoureusement ou il va chercher le commissaire de police qui demeure à côté; il est sans pitié, cet homme, et il a un motif : il veut donner cette échoppe à une autre femme qu'il protège; la marchande n'a que vingt-huit sous; les deux sous du pauvre viennent compléter la somme demandée.

Mais, nouvelle exigence, le receveur veut une pièce blanche. Le pauvre court bien vite chercher en échange de la monnaie de cuivre chez l'épicier voisin, dont la femme est compatissante, bonne pour les pauvres et connue pour telle dans le quartier.

A peine vient-elle de rendre ce petit service à sa voisine de l'échoppe, qu'elle voit entrer chez elle un petit ramoneur auvergnat qui vient la prier de lui prêter deux sous jusqu'au lendemain; ayant été malade et obligé de contracter quelques dettes, il a vendu son temps pour un mois à un homme qui le nourrit, qui le loge, mais auquel il doit apporter vingt sous par jour, sous peine d'être engagé, pour une semaine de plus, chaque fois qu'il manque à la condition. C'est aujourd'hui le dernier jour de l'engagement, et malheureusement il a gagné fort peu de chose, il n'a pu réunir que dix-huit sous. L'épicière s'empresse de donner les deux sous au petit ramoneur, qu'elle connaît honnête et incapable de forger un mensonge. Elle lui remet précisément le *sou de cloche.*

Ainsi, parce que Clément a profité de la leçon de son grand-père, qu'il a su vaincre sa petite tentation et a préféré à sa friandise le plaisir de secourir un malheureux, le bonheur à venir de l'enfant qui pleurait sera probablement assuré; un infortuné a évité de supporter pendant une longue nuit et peut-être plus long-temps encore les souffrances de la faim;

une femme honnête ne sera pas privée d'une pauvre échoppe qui est son seul moyen d'existence; le petit Auvergnat aura sa liberté et pourra travailler pour ses parents.

Tout cela ne vaut-il pas bien un litron de noisettes?

LE MYOSOTIS.

Emilie, fille de M. Maurice, riche propriétaire, était d'un aimable caractère, elle songeait toujours à ce qui pouvait plaire aux autres, et s'efforçait d'obliger toutes les personnes qui l'entouraient; elle était charitable envers les pauvres et consacrait à les soulager une bonne partie de l'argent que son père lui donnait pour sa toilette et ses plaisirs.

Cependant un défaut fâcheux ternissait ces précieuses qualités, et lui donnait auprès de ceux qui ne la connaissaient qu'imparfaitement la réputation d'une jenne fille sans humanité et fort disposée à trahir ses promesses : elle était extrêmement oublieuse. A peine avait-elle promis quelque chose, à peine avait-elle pris et exprimé une résolution, que déjà elle ne s'en souvenait plus. Toute entière au moment présent, elle laissait complètement échapper le passé de sa mémoire.

Promettait-elle de secourir un infortuné, il fallait que sa bonne lui rappelât sa promesse, ou que le malheureux lui-même ne la lui laissât pas oublier.

Elle avait, d'accord avec une de ses amies, pris l'engagement de payer le prix du pain d'une pauvre femme de quatre-vingts ans; chaque mois son amie était obligée de payer seule et de se faire rembourser par Emilie; jamais celle-ci ne songeait à la pauvre femme.

Une fois, elle voulut habiller une petite fille, pour la première communion; elle acheta une partie de ce qui était nécessaire, et oublia le reste; de telle sorte que la pauvre enfant ne put se présenter avec ses compagnes à la sainte table.

Enfin elle avait des pigeons qu'elle aimait beaucoup et qu'elle voulait soigner seule; il se passait rarement une semaine sans qu'elle les laissât souffrir de la soif ou de la faim; et cependant elle eût regardé comme une cruauté de faire endurer inutilement la moindre douleur à un animal, eût-ce été à une araignée.

Quand son étourderie avait causé quelque mal, elle s'en affligeait et se promettait bien de se corriger; mais cette promesse n'était pas mieux tenue que les autres.

Dans le voisinage de la maison de M. Maurice, qui habitait la campagne, vivait un ancien officier de cavalerie, qui, retiré du service avec une petit pension, avait grand'peine à suffire à ses besoins et à ceux de Sophie, sa fille unique.

Lorsque Sophie atteignit l'âge de quatorze ans, la bonne éducation qu'elle avait reçue la mit en état d'ajouter quelques bénéfices au mince revenu de son père; elle donnait des leçons de dessin, de grammaire, et même de musique aux jeunes demoiselles du voisinage; mais, vers le même temps son père fut atteint d'infirmités, suite des nombreuses blessures qu'il avait reçues et des longues fatigues qu'il avait supportées; bientôt il lui fut impossible de sortir de son lit. Sophie lui tenait compagnie aussi souvent qu'il lui était possible, et l'amusait par sa conversation.

Pour occuper utilement ces instants qu'elle lui consacrait, elle faisait, tout en causant, des broderies délicates et d'autres travaux difficiles, qu'elle vendait ensuite aux gens riches des environs. Ce fut ainsi qu'elle se trouva faire la connaissance d'Emilie.

Dès que celle-ci la vit, elle se sentit portée vers elle d'amitié et demanda à sa mère la permission de cultiver sa connais-

sance. Madame Maurice ayant appris
combien était louable la manière d'agir
de Sophie, autorisa Emilie à recevoir ses
visites et à les lui rendre. Les deux jeunes filles devinrent en peu de temps les
meilleures amies du monde.

Emilie employait des moyens indirects
pour procurer à Sophie de petits bénéfices ; si elle avait un cadeau à faire à sa
mère, à son père, c'était toujours quelque ouvrage de Sophie qu'elle voulait
donner. Bientôt elle désira prendre des
leçons de broderie ; Sophie lui en donna
et elle la fit payer généreusement ; puis
on congédia, à sa demande, son maître
de dessin, artiste en réputation, qui venait de la ville voisine, et ce fut encore
Sophie qui en tint lieu ; les parents d'E-
milie voyaient et approuvaient ses bonnes
intentions.

Néanmoins, il arrivait bien souvent
qu'à cause de son malheureux défaut ma-
demoiselle Maurice causait de vifs cha-

grins à son amie; dans mille circonstances elle lui faisait des promesses et ne les tenait pas. Ainsi madame Maurice étant tombée malade, on fit venir de Paris un célèbre médecin, pour obtenir de lui une consultation. Emilie avait promis de mener ce médecin chez le père de Sophie; celle-ci espérait qu'il pourrait indiquer quelque remède qui guérirait ou soulagerait le vieil officier. Le médecin vint, et rassura complètement M. Maurice sur la maladie de sa femme. Emilie en eut une grande joie, et dans sa joie elle oublia sa promesse. Le médecin ne partit que le lendemain, et il partit sans avoir visité le père de Sophie, quoiqu'il eût suffi de le lui demander pour que la chose eût été faite.

Emilie eut un grand chagrin de cette négligence; elle en fit bien sincèrement ses excuses à Sophie et au malade; mais son chagrin ne remédia à rien : le vieil officier avait peut-être manqué une occasion de guérir.

Quelque temps après, Emilie voulut faire un dessin pour la fête de sa mère; elle pria son amie d'aller à la ville voisine lui choisir un modèle convenable.

— Je ne puis, disait-elle, y aller moi-même ni envoyer quelqu'un de la maison sans en donner le motif; dans l'un et l'autre cas, ma mère le saurait, et je tiens à la surprendre.

Sophie lui fit observer qu'elle ne pouvait laisser son père si longtemps seul.

— Eh bien! ma chère, pendant que vous soignerez ma mère, moi je resterai près de votre père. Allez sans crainte, je lui tiendrai fidèle compagnie jusqu'à votre retour. Je vais mettre mon chapeau et me rendre chez vous de ce pas.

Effectivement, Emilie sortit en même temps que Sophie; mais à peine l'eut-elle quittée qu'elle rencontra une de ses tantes qui, accompagnée de ses deux filles, venait faire visite à madame Maurice.

Emilie ne put se dispenser de revenir avec les dames auprès de sa mère ; là, au lieu de leur faire connaître qu'un devoir l'obligeait à s'absenter pour quelques heures, le devoir, la promesse sortirent de sa tête, et elle passa le reste de la journée sans songer qu'elle laissait dans l'isolement un pauvre malade qui avait besoin de compagnie et peut-être même de soins.

La tante et les deux cousines restèrent encore le lendemain près de la malade. Emilie, en les menant promener dans le village, passa devant la porte de Sophie, et tout-à-coup sa conduite de la veille, sa négligence coupable se présentèrent à son esprit ; elle aurait bien voulu passer outre, car elle s'attendait à de justes reproches, elle ne put. Sophie, qui l'avait aperçue par sa fenêtre, vint au-devant d'elle et la pria d'entrer se reposer un instant avec ses deux cousines. Elle se garda bien

de lui adresser un seul mot de plainte en
présence des étrangères, et sembla même
ne songer qu'à faire les honneurs de la
petite maison; elle montra ses dessins,
ses broderies, de jolies fleurs qu'elle cul-
tivait. Au moment où les trois demoiselles se retiraient, elle donna à chacune des
deux cousines un bouquet de roses, et à
Emilie un bouquet de fleurs qu'on nomme
communément *ne m'oubliez pas*, et dont
le véritable nom est *myosotis*. A ce bouquet étaient jointes quelques autres
fleurs.

Emilie reçut le cadeau en rougissant,
et fut touchée de la manière délicate et
détournée que son amie employait pour
lui adresser des reproches si bien méri-
tés, sans divulguer son tort.

— Sophie, lui dit-elle, vous êtes la
meilleure fille du monde et l'amie la plus
sûre; je vous remercie de votre joli bouquet, c'est précisément celui qui me con-
venait.

En rentrant. Emilie déposa son bouquet dans sa chambre; elle voulait le garder comme un souvenir de sa faute; le lendemain en se levant il lui frappa les yeux, et elle vit avec étonnement que le myosotis avait le même éclat que la veille, tandis que les autres fleurs étaient toutes fanées.

Elle examina de plus près ce prodige et reconnut que la touffe de myosotis était formée de fleurs et de feuilles artificielles si bien imitées que c'était à s'y méprendre.

— Vous avez bien fait, Sophie, pensat-elle; j'ai besoin d'un avertissement tous les jours pour me corriger de ma négligence. Ce bouquet qui ne se fane pas sera un souvenir durable; matin et soir il me rappellera que je ne dois pas oublier mes promesses; ma bonne Sophie, vous me rendez service.

Aussitôt Emilie alla chez son amie; elle lui rendit grâce de sa bonté, de son indulgence et de l'avis qu'elle lui avait donné d'une manière si aimable.

— Votre leçon, ajouta-t-elle, portera ses fruits ; je prends dès aujourd'hui la résolution, chaque fois que je ferai une promesse, de placer votre bouquet sur ma table de travail, et de l'y laisser jusqu'à ce que j'aie accompli ce que j'aurai promis.

— Très bien ! bravo ! dit le père de Sophie, qui était présent, faites cela pendant un mois, et ensuite le bouquet vous deviendra inutile ; les bonnes habitudes ne sont pas plus difficiles à prendre que les mauvaises, seulement il faut vouloir, et vouloir fortement pendant quelque temps.

Dès qu'elle fut rentrée chez sa mère, Emilie fit effort de mémoire et parvint à se rappeler plusieurs engagements qu'elle avait pris ; elle les mit par écrit, et le bouquet placé dans un joli vase resta sur la table jusqu'à ce que tout fût exécuté.

Elle continua de même et elle éprouvait une vive joie; quand elle pouvait serrer le jolie vase, elle se disait :

— Tout ce que je pouvais faire de bien je l'ai fait : personne n'est en droit de se plaindre de ma négligence, elle ne fait plus souffrir personne.

Madame Maurice remarqua bien vite que sa fille se corrigeait du défaut qu'elle lui avait tant de fois reproché; quand elle vit que rien n'était plus négligé, et qu'autant les promesses d'Emilie avaient jadis été frivoles, autant ses engagements étaient maintenant sûrs, elle lui demanda l'explication d'un changement complet et subit. Emilie conta naïvement ce qui s'était passé.

— Tu as bien agi, ma fille, dit la mère, et Sophie s'est conduite à ton égard comme une véritable amie; vous devez l'une et l'autre en trouver la récompense, c'est à moi d'y pourvoir.

Madame Maurice ne s'expliqua pas da-

vantage, mais elle fit faire deux bagues
en or, ornées chacune d'un myosotis en
pierreries. Elle donna ces deux bagues à
sa fille le jour de sa naissance, en lui disant :

— Garde pour toi l'un de ces bijoux,
et sache t'en servir comme tu te servais
de ton bouquet : quant à l'autre, dispo-
ses-en comme bon te semblera.

Sophie entrait au même moment pour
complimenter son amie sur son jour de
naissance. Celle-ci courut vers elle et lui
dit en lui présentant la bague :

— Vous n'avez pas besoin d'un souvenir pour exécuter vos devoirs, chère Sophie; acceptez cependant ce myosotis; il
vous rappellera celle qui vous l'offre et le
service que vous lui avez rendu.

Madame Maurice applaudit aux paroles
d'Émilie et apprit en même temps à Sophie que, grâce à l'appui de son mari et
à la protection de quelques amis puis-
sants, on venait d'obtenir que la pension

de son père serait doublée et passerait à sa fille après lui ; c'était une justice qu'on rendait à cet officier, qui longtemps avait servi avec distinction ; elle lui assura une petite fortune.

Sophie continua néanmoins ses travaux et ses leçons ; seulement elle put en consacrer le produit à soulager l'infortune des autres, et elle goûta, ainsi que son amie, le plaisir de promettre du secours aux malheureux et la joie de tenir exactement ces promesses sacrées.

L'AUVERGNAT.

Avant d'être venu à Paris, au lycée Charlemagne, où j'ai fait mes dernières classes, j'étais resté deux ans à celui de Versailles. Là, un beau jour, descendant dans la cour où mes camarades se livraient à leurs joyeux ébats, j'entendis un des plus pétulants d'entre eux s'adresser à

un autre qui ne valait guère mieux, et lui
crier :

— Dis-moi, Georges, as-tu vu le nouveau qui arrive d'Auvergne?

— Non vraiment, répondit Georges,
je n'ai pas pu trouver un prétexte raison-
nable pour entrer chez le proviseur au
moment où il causait avec ce ramoneur-là.

— Oh! mais sais-tu, dit le premier in-
terlocuteur, qui se nommait Eugène,
qu'il doit avoir une drôle de mine.... un
Auvergnat!

Déjà un groupe s'était formé, et chacun demandait des renseignements sur
l'écolier nouvellement débarqué.

— Je suis sûr qu'il a des cheveux qui
lui tombent au milieu du dos, dit Georges.

— Et qu'il a de gros sabots, reprit un
écolier de quatrième.

— Eh bien! c'est au mieux, dit un élève
de rhétorique, nous lui ferons danser la
bourrée d'Auvergne.

— Je sais quelque chose de mieux que

la bourrée, s'écria Eugène ; c'est, au moment où l'homme des montagnes d'Auvergne arrivera, de lui faire courir la poste une demi-douzaine de fois dans la grande cour, cela le dégourdira et commencera à lui faire connaître le lycée.

— Chers amis, dit un de nos camarades, du département des Basses-Pyrénées (qui, montagnard lui-même, voulait qu'on respectât les montagnards), ne vous y fiez pas : il est du pays haut, il doit avoir le poignet fort.

Ce propos fut accueilli avec des éclats de rire, mais cependant il fit son effet et l'on se promit de tâter le nouveau avant d'en venir aux grosses farces.

A peine avait-on pris cette prudente résolution, que le nouvel élève entra dans la cour. Il sortait d'une petite pension de Riom, et s'appelait Etienne Combadour. Il se promena quelques instants. Il avait l'air timide, portait mal son habit d'uniforme et mettait son chapeau comme le

met un invalide; ses cheveux ne lui tombaient pas au milieu du dos, mais ils
étaient un peu longs; il est vrai qu'on entrait dans l'hiver.

Tout bien examiné, Etienne semblait
un peu gauche, un peu lourd, mais non
complètement ridicule.

On tenta une première épreuve : on
envoya auprès d'Etienne un petit bon-
homme qui, sur le conseil de Georges,
lui demanda s'il était vrai que dans son
pays les hommes marchassent à quatre
pattes.

Etienne répondit tranquillement :

— Va dire à ceux qui t'envoient que
les gens de mon pays marchent précisément comme on marche à Versailles;
mais que quand les étrangers viennent
chez eux ils ne leur donnent pas la bien-
venue par une sotte impertinence.

Un rhétoricien qui se trouvait là prit
fait et cause pour le bambin. Il lâcha
quelques gros mots et finit par saisir les

mains du nouveau venu : mais celui-ci, levant les épaules, se dégagea avec si peu d'efforts, qu'on se rappela l'avis prudent de l'écolier basque, et qu'on peut avoir quelque respect pour les poings d'un garçon qui se débarrassait si facilement de l'étreinte d'un *des plus forts* rhétoriciens du collége.

Vers la fin de la récréation, le censeur parut dans la cour. Quelques élèves s'approchèrent de lui et demandèrent dans quelle classe il placerait le ramoneur d'Auvergne qui venait de leur arriver. Le censeur réprima cette saillie et répondit à un de ses élèves favoris que sans doute il le ferait descendre de deux classes, car il devait y avoir au moins cette distance entre les études d'une petite pension de Riom et celles des lycées de la capitale et de Versailles.

— Monsieur, lui répondit un élève, celui précisément qui avait fait l'épreuve de la force d'Etienne, Monsieur, vous pour-

rez bien le faire descendre de trois classes, car il a l'air pataud comme un ours
des montagnes.

La foule des mirmidons répéta :

— Ah ! oui, pataud ! pataud !

— Assez, assez, dit le censeur ; et il
appela Etienne, qui, sur sa demande, lui
déclara qu'il avait quinze ans passés,
qu'il venait de finir sa seconde à Riom et
se préparait à la rhétorique.

— Beau rhétoricien ! murmurèrent à
demi-voix les élèves qui entendirent sa
réponse : il faut le mettre en cinquième,
et il sera l'avant-dernier !

Le censeur jugea un peu plus favora-
blement de l'Auvergnat, et lui dit que
les classes à Versailles étant très fortes,
il fallait qu'il s'essayât d'abord en quatrième.

La cloche sonna et l'on se rendit à l'é-
tude. Etienne, la tête basse, s'achemina
vers le quartier de quatrième : il s'agissait pour les élèves de cette classe d'ap-

prendre quelques vers d'Ovide et de faire
un thème que les forts avaient jugé très
difficile. Le maître d'études donna à
Etienne le cahier d'un écolier qui venait
d'être obligé de monter à l'infirmerie, lui
dit de copier le texte français et lui indiqua aussi la leçon à apprendre.

En quelques minutes, le nouveau venu
eut copié, puis il prit dans sa poche un
Pindare grec et se mit à le lire attentive-
ment.

— Voyez donc ce pataud ! disaient entre eux ses voisins, il fait comme s'il li-
sait du grec.

— Eh ! laissez donc, c'est qu'il apprend
ses lettres, dit un autre, il ne sait encore
que la moitié de l'alphabet...

Etienne ne les entendait pas ou feignait
de ne pas les entendre; cependant, un
quart d'heure avant la fin de l'étude,
quand il reçut la feuille destinée à lui servir de copie, il s'occupa sérieusement à
traduire en latin le texte qu'il avait copié,

et remit au maître d'études, longtemps avant que la cloche sonnât, son devoir fort bien écrit. Nouvelle preuve qu'il était un sot, remarqua un petit bel-esprit, car il n'y a que les imbéciles qui sachent bien écrire.

— Bon, bon ! disaient les espiègles qui l'entouraient, il a broché son devoir et il n'a pas regardé sa leçon. Le professeur, qui voudra voir ce qu'il sait, va lui donner une jolie note !

On arrive à la classe. M. L....., qui professait la quatrième, reçoit un mot d'écrit que lui remet Etienne. Le censeur annonçait qu'à l'avenir cet élève ferait partie de sa classe. Le professeur lui fait signe de se placer à la table d'honneur. C'était une politesse qu'il ne manquait jamais d'accorder à celui qui arrivait pendant le cours de l'année, mais cet encouragement avait rarement de l'effet. Aussi, les camarades de classe d'Etienne se disaient-ils entre eux :

— Allons! qu'il jouisse de la table d'honneur pour cette fois, le ramoneur, le pataud! Il n'y reviendra pas.

Le professeur fit réciter les leçons.

Il interrompit Eugène qui ânonnait, et dit à Etienne de continuer.

Etienne ne se fit pas répéter l'ordre; il commença à débiter les vers avec un accent qui faisait pouffer de rire ses condisciples, mais de manière à montrer qu'il connaissait parfaitement les lois de la prosodie latine et la quantité des mots; puis, comme la leçon était extraite de la métamorphose de Philémon et Baucis, qu'il savait par cœur, il outrepassa le nombre de vers indiqués; le professeur le laissa continuer pendant quelques minutes, au grand étonnement de toute la classe, qui ne faisait plus attention à son accent et se disait :

— Comment donc, ce pataud a de la mémoire et il scande bien les vers!

Après que la leçon eut été récitée,

M. L..... fit quelques remarques sur la flexibilité du génie d'Ovide, esprit heureux, sachant prendre tous les tons; il voulut aussi comparer au latin l'élégante paraphrase de La Fontaine; malheureusement il n'avait pas de livre.

— Nul de vous, demanda-t-il, ne sait ce morceau de La Fontaine, sans doute?

— Pardon, Monsieur, reprit Etienne, je puis suppléer au livre qui vous manque.

— Ah! ah! vraiment; eh bien! récitez depuis le premier vers.

Etienne, avec une diction parfaite, sans emphase et sans monotonie, déclama les trente premiers vers dont avait besoin le professeur.

Tous les élèves chuchotaient, et quelques-uns seulement parlaient encore de l'accent ramoneur. Quant à M. L....., il commençait à regarder Etienne entre les deux yeux : c'est ce qu'il faisait toujours lorsqu'il reconnaissait dans un sujet plus de capacité ou de savoir qu'il n'en avait supposé à la première vue.

Enfin il en vint au thème ; selon son usage invariable, il fit lire les deux premiers vers de la composition précédente, puis les deux derniers, car il suivait la méthode du professeur de flûte de l'antiquité, qui voulait que dans son école on entendît tour à tour un habile exécutant et un flûteur malhabile, disant de l'un : « Voilà comme il faut jouer, » et de l'autre : « Voilà comme il ne faut pas jouer. »

Il vint ensuite à Etienne : Lisez, lui dit-il, et depuis le commencement.

Etienne prit le cahier et fit à haute voix sur le texte français une traduction fort élégante. Une ou deux fois le professeur l'interrompit pour lui donner une louange, et lorsque Etienne reprit sa phrase, M. L.... crut s'apercevoir qu'il y avait quelque différence ; il chercha la copie pour s'en assurer, et remarqua avec un vif étonnement que cette copie conte-

nait un autre devoir bien préférable à celui qui venait d'exciter ses éloges; il demanda le cahier d'Etienne, et reconnut
que la première traduction était improvi-
sée... La copie et l'improvisation annon-
çaient un élève supérieur de beaucoup à
la quatrième.

— Monsieur, dit-il à l'Auvergnat, vous
ne pouvez rester avec moi ; je vais vous
envoyer au professeur de troisième, je
suis certain que votre place est beaucoup
plus haut, mais ce n'est pas à moi d'en
juger. Les élèves ouvraient de grands
yeux et se disaient entre eux, pour se consoler de leur méprise :

— Au fait, il a quinze ans, et il ne sera
pas trop jeune pour un troisième.

Etienne resta quatre jours en troisième ;
ensuite, on le *chassa* de nouveau de cette
classe, et pour ne pas faire encore d'in-
fructueux essais, on l'envoya à la rhétorique : là, il se trouva le plus jeune, mais
les connaissances qu'il avait déjà acquises,

sa brillante facilité, son travail opiniâtre, le firent atteindre aux premières places.

Alors on ne cherchait plus à le tourner en ridicule ; on le respectait, et plus d'un de ces beaux rhétoriciens qui l'avaient accueilli avec le sourire du mépris portait envie à sa supériorité et à ses succès non interrompus. Etienne sut bientôt se faire des amis de tous ses envieux, car il joignait à d'heureuses qualités de l'esprit un bon caractère et un cœur aimant.

Il a fait depuis sa philosophie au lycée Impérial, aujourd'hui le collège Henri IV. Il a obtenu au concours général la plus glorieuse de toutes les couronnes classiques : ses études finies, il s'est voué à la carrière universitaire, sa place y était marquée d'avance. Il occupe aujourd'hui un poste brillant : c'est ce que ne prévoyaient guère Georges, Eugène et moi-même, quand nous vîmes arriver pour la première fois au lycée de Versailles le *ramoneur d'Auvergne !*

D'où je conclus qu'il ne faut juger ni des hommes ni des enfants sur l'apparence.

LA MENDIANTE.

Une dame hérita d'un de ses parents qui laissait une grande fortune. Ce parent était le seigneur d'un village, où il possédait un beau château. Avant de mourir, il recommanda à la dame de faire sur ses biens une pension de cent écus à la famille la plus charitable du village.

Au bout de quelque temps, la dame fit annoncer qu'elle allait venir prendre possession du château ; et deux jours avant celui qu'elle avait fixé, l'on vit dans le village une pauvresse étrangère qui allait de porte en porte demander l'aumône. Dans la plupart des maisons, on lui répondait durement que le pain était cher, et qu'il n'y en avait pas de trop. Dans d'autres, tout en la rudoyant, on lui don-

naît quelque liard ou quelque morceau
de pain moisi, quelque pomme à moitié
gâtée. Enfin, elle arriva près d'une cabane
habitée par un paysan, sa femme et leur
enfant. Comme la pauvresse grelottait de
froid, et qu'elle avait la figure et les mains
toutes violettes, tant elle souffrait de la
rigueur de la saison, le paysan, sitôt qu'il
la vit à sa porte, lui dit d'entrer et de se
chauffer à son feu. Puis il lui versa un
verre de vin, sa femme lui coupa un morceau du peu de pain qu'elle avait chez
elle, et le lui donna, avec une tranche de
jambon. Le petit enfant aussi se montra
charitable et lui offrit la moitié d'un
morceau de galette que sa mère venait de
lui donner. La pauvresse s'en alla en les
bénissant.

Le surlendemain, l'on apprit que la
dame du château venait d'arriver, et les
habitants du village furent invités par
elle à dîner. On les introduisit dans une
salle à manger, où il y avait une grande

et une petite table. Celle-ci était couverte
des mets les plus exquis ; sur la grande
il y avait beaucoup d'assiettes couvertes.

La dame fit placer à cette table tous les
gens du village, à l'exception de la famille qui avait secouru la mendiante, puis
elle dit :

— Mon parent, qui m'a laissé ce château, m'a ordonné de faire une rente de
cent écus au plus charitable d'entre vous.
Pour pouvoir remplir ses volontés, j'ai
voulu vous éprouver. C'est moi qui avant-
hier ai parcouru le village sous l'habit
d'une pauvresse. Chacun de vous peut se
rendre justice, et se dire s'il m'a bien ac-
cueillie. Je n'ai trouvé de charitables que
ce pauvre homme, sa femme et son fils ;
aussi auront-ils la rente de cent écus tant
que l'un d'eux vivra. Je leur dois un dîner ; qu'ils se mettent avec moi à cette
petite table, je vais le leur rendre le mieux
qu'il me sera possible. Quant à vous autres, vous trouverez sur vos assiettes la

juste récompense de ce que vous m'avez donné; vous pouvez lever le couvercle.

Les paysans n'étaient pas fort satisfaits de ce discours, ils le furent encore moins de ce qu'ils trouvèrent devant eux; ceux qui n'avaient rien donné virent leurs assiettes absolument vides; les autres trouvèrent l'objet même qu'ils avaient remis à la pauvresse, l'un une croûte de pain, l'autre une pomme pourrie, l'autre un mauvais liard. Enfin un méchant petit garçon qui avait jeté à la pauvresse l'os qu'il rongeait, trouva cet os qu'elle avait ramassé. La dame, après s'être amusé de leur surprise, ajouta :

— N'oubliez pas que vous serez ainsi récompensés dans l'autre monde.

LE JUGEMENT D'UN SAGE.

Ben-Zabès était un sage de l'Orient; il voyageait de ville en ville, visitait les peuples, étudiait leurs mœurs, conférait avec les prêtres, avec les savants, et partout recueillait ce qu'il y avait de bon dans les coutumes et dans les lois, ce qu'il y avait de vrai dans les traditions et dans les annales. En échange de ces trésors de science qu'il amassait péniblement, il était toujours prêt à faire jouir chaque pays, et même tout homme qui le consultait, de la divine sagesse, fruit de sa longue expérience et de ses immenses travaux. Partout on le surnommait *le sage*, on lui soumettait à décider les questions les plus épineuses, et il était très rare que ses réponses ne satisfissent pas ceux qui s'adressaient à lui.

Un jour, il arriva, sur le midi, dans un petit village du Curdistan, dont j'ai oublié le nom ; il vit tous les habitants réunis sur la place publique, riches et pauvres, petits et grands, hommes, femmes, vieillards, enfants, maîtres et serviteurs; la réunion était complète, personne n'y

manquait. On était gravement occupé :
les uns discutaient, d'autres étaient at-
tentifs à ce qui se passait dans une enceinte réservée, où trois derviches, les
anciens du village et le cadi (le magistrat
du lieu), paraissaient tous fort embarras-
sés et dans une grande anxiété d'esprit.

Ben-Zabès passa à travers la foule,
qui ne le regarda même pas, et s'approcha du cadi.

« Ah ! s'écria celui-ci en l'apercevant,
voici le sage Ben-Zabès ; c'est le ciel qui
l'envoie pour nous tirer de peine. »

Tous les regards se portèrent alors sur
le Sage, qui salua l'assemblée et demanda
ce dont il s'agissait et ce qu'on souhaitait
de lui.

Le plus vieux des derviches prit la parole ; il expliqua qu'un riche habitant
était mort le mois précédent, et que,
n'ayant pas de famille, il avait légué tous
ses biens à celui que les anciens et les
derviches reconnaîtraient pour le plus ver-

tueux. Plusieurs concurrents avaient été désignés par la voix publique (la véritable vertu est toujours modeste), et l'on ne savait qui choisir. « Mais vous, dont la sagesse remplit toute l'Asie, vous saurez bien vite discerner quel est le plus vertueux des prétendants. Au nom de mes collègues, je vous supplie de décider entre eux. »

Ben-Zabès s'assit, et l'on fit paraître devant lui les concurrents.

Vint d'abord un pauvre homme qui, après avoir été longtemps en service dans la maison d'un laboureur, avait vu son maître ruiné par une inondation, au moment où la vieillesse lui enlevait toutes les forces de l'esprit et du corps. Ses parents, ses voisins l'avaient abandonné, soit qu'ils ne pussent le secourir, soit qu'ils eussent eu quelquefois à souffrir du caractère un peu rude du laboureur; mais le serviteur était resté fidèle à l'infortune, et avait nourri son ancien maître du fruit de ses travaux.

Vint ensuite une jeune fille qui avait refusé un riche établissement pour ne pas abandonner sa mère malade, dont celui qui voulait l'épouser ne pouvait souffrir la présence.

Vint ensuite un homme qui, dans un incendie, avait laissé périr tout ce qui lui appartenait pour sauver la vie d'un voyageur qu'il ne connaissait pas et auquel il donnait l'hospitalité.

— N'y a-t-il plus personne? demanda Ben-Zabès.

— Il y a encore un concurrent; nous ne vous le présentions pas parce que tous, excepté le cadi, nous lui avions préféré les trois autres.

Faites-le venir, dit le Sage, votre cadi est homme de sens; son opinion vaut la peine qu'on l'examine.

Vint alors un habitant du village, d'une figure douce et paisible, et qui était en-

touré de plusieurs enfants. Quels sont vos
titres? lui demanda-t-on.

— Moi, répondit-il, je n'en ai aucun ;
je suis honteux qu'on m'ait mis sur le
même rang que ce serviteur fidèle, que la
jeune fille qui a sacrifié son bonheur au
bien-être de sa mère, et que mon voisin
qui a sauvé son hôte au prix de sa maison. C'est le cadi qui l'a voulu, et cela
parce que j'ai bien élevé mes enfants, et
que j'ai pu rendre le même service à quelques pauvres orphelins, qui aujourd'hui
sont de vrais croyants et peuvent vivre
honorablement de leur travail.

— Eh bien ! tu recueilleras le legs.
Les autres ne doivent passer qu'après
toi, car les livres sacrés des anciens Per-
ses disent : « Si vous voulez être saint,
instruisez les enfants, car toutes les
bonnes actions qu'ils feront seront vos
œuvres. »

———

LE PAIN ET L'EAU.

Désiré, qui avait pour père un riche propriétaire, déjeunait un matin dans une chambre basse donnant sur la rue. La maison de son père ne se ressentait sans doute pas de la disette qui régnait alors et de la cherté des vivres, car la table était chargée de mets de toute espèce.

Le pauvre Guillot, gardeur de moutons dans la montagne, n'avait, lui, à manger que le quart du nécessaire ; étant venu ce jour-là à la ville, il vit Désiré à table, s'approcha de la fenêtre et lui demanda un petit morceau de pain.

— Va-t'en, répondit celui-ci, je n'ai pas de pain pour toi.

Quelques mois s'écoulèrent, et par une chaude journée d'automne, Désiré était allé à la chasse dans la montagne ; il s'égara en poursuivant une pièce de gibier et arriva, après une longue marche, dans un canton tout-à-fait inhabité, où les passages étaient d'un accès fort difficile. Il erra longtemps sous le brûlant soleil du midi, monta, descendit vingt fois, et se fatigua beaucoup; en outre, il était affamé, mourant de soif. Il trouva bien dans sa carnassière un morceau de pain pour satisfaire son appétit; mais quand il eut mangé, sa soif devint plus ardente encore; il n'avait rien pour l'apaiser. Dans ce moment, il aurait payé un verre d'eau au poids de l'or.

Enfin il aperçut, sur une montagne voisine de l'endroit où il était, un homme qui gardait des moutons. Il courut vers lui pour lui demander à boire. O bonheur! en approchant, il vit que le berger avait une grande cruche pleine d'eau; cette boisson lui semblait cent fois plus désirable que les meilleurs vins, et il espérait bien qu'il allait s'en régaler. Mais, hélas! quand il fut tout près il reconnut

le pauvre Guillot; il se hasarda cependant
à lui demander un verre d'eau.

— Allez-vous-en, lui répondit celui-ci,
je n'ai pas d'eau pour vous.

Vainement Désiré offrit-il de payer cette
eau vingt sous le verre, puis cent sous,
puis vingt francs. Guillot refusa obstiné-
ment.

Désiré eut de nouveau recours aux
prières, et le berger alors lui répondit :

— Je n'ai l'intention ni de vous refuser
mon eau, ni de vous la vendre; mais j'ai
voulu vous faire voir combien il est dur
d'être repoussé quand on souffre de la
faim ou de la soif. Buvez donc tant que
vous voudrez, et n'oubliez plus que les
besoins des pauvres sont aussi impérieux
que les vôtres.

Cette leçon fit apercevoir à Désiré toute
la dureté de sa conduite passée; il récom-
pensa magnifiquement Guillot, et depuis
se montra charitable envers tous les nécessiteux.

LA PETITE DÉSOBÉISSANTE.

Christine avait un défaut qui en entraîne bien d'autres; elle était désobéissante. Un jour qu'elle revenait de faire une visite à l'une de ses cousines, elle dit à sa mère qu'elle avait vu chez sa parente le plus charmant serin canari, et qu'elle serait bien heureuse d'en avoir un semblable.

— Je t'en promets un tout aussi joli, répondit sa mère, si tu ne désobéis pas une seule fois pendant quinze jours. Christine accepta, et comme sa mère était très indulgente, et qu'elle-même faisait quelques efforts pour se corriger, une semaine se passa sans que Christine cessât d'avoir droit au canari; le huitième jour, sa mère l'appela et lui dit :

— Comme je suis contente de toi, je vais te donner quelque chose de joli, afin de t'encourager à continuer pendant le reste de la quinzaine. Ce que je te destine est dans cette boîte posée sur la table. Il faut que je sorte un quart d'heure environ, attends-moi ici; mais ne touche pas à la boîte, je te le défends expressément. Christine promit; mais, à peine sa mère fut-elle partie, qu'elle courut à la boîte.

— Tiens, dit-elle, elle est toute neuve, elle est percée de petits trous sur le couvercle, essayons de voir dedans; je n'aperçois rien. Ah! comme est légère, cette boîte! qu'est-ce qu'il peut y avoir de renfermé? Mais pourquoi n'y regarderais-je pas? maman n'en saura rien.

La boîte n'était fermée qu'au moyen d'un crochet, la petite curieuse l'ouvrit, et il s'en échappa un joli serin de Canarie, qui se mit à voler dans la chambre. Christine le poursuivit pour tâcher de le reprendre, et cacher sa désobéissance en le remettant dans sa prison. Au moment où elle le saisissait, sa mère rentra et lui dit:

— Si tu avais résisté à cette dernière épreuve, le canari eût été pour toi. Ta désobéissance d'aujourd'hui et ta curiosité rendent inutiles les efforts d'une semaine; à l'avenir je ne serai pas si prompte à te croire corrigée.

En effet, ce ne fut qu'après six mois d'essais et de rechutes que Christine parvint à mériter la récompense promise.

FIN.

Limoges. — Imp. Eugène Ardant et Cie.

Original en couleur

NF Z 43-120-8

www.ingramcontent.com/pod-product-compliance
Lightning Source LLC
Chambersburg PA
CBHW051553280626
47162CB00022B/2172